天国のぴよちゃんからの贈りもの

〜いのちの花束をあなたへ〜

こもれび ゆう

文芸社

天国のぴよちゃんからの贈りもの

～いのちの花束をあなたへ～

ぴよちゃん、
これからあなたがプレゼントしてくれた
真実の物語を書き記します。

お母さんとの
二十八年のこころの軌跡《きせき》・・・
いっしょに振り返っていこうね。

プロローグ

地球に存在する全ての人の命は、母の胎内から誕生しました。従って、命について、正面から向き合う本書は、年齢・性別・国籍を問わず、生きとし生けるひとりひとりに向けての発信となります。

この内容は、二〇二二年、文芸社×毎日新聞主催の『第五回人生十人十色大賞〜これがワタシの人生だ〜』という自分史・半生記の投稿コンクールに応募した作品です。自分がたましいの故郷に帰るその時までは、秘めたままとする心づもりでした。

私には、長い間、三人の我が子のために書き残したいと願っていたある喪失の体験がありました。昨年五月に偶然（ではなかったと今は確信していますが）目にした新聞広告が、重い腰を上げるきっかけとなりました。当時、持病の進行が見られ精密検査のために入院することが決まり、身体に侵襲的な検査のリスクの説明を読むうちに、

「自分にも、もしものことがあるかもしれない……その時に、自分は家族に何を遺せるのだろう？　何を遺したいのだろう？」と自問した時、迷いなく出てきたこたえが、臨月で天使になった娘〝ぴよちゃん〟から頂いたギフトを伝えたい！　でした。その時、なぜか保管していた新聞の切り抜きがぱっと閃き、「これだ！　入院前に必ず応募するという目標で書いてみよう！」と決めたのです。締め切りまでの一ヶ月足らず、病への負荷と格闘しながら、取り憑かれたようにパソコンに打ち込み、推敲する間もなく投稿したのでした。

残念ながら入賞には至らず……という主旨の封筒が届いた秋には、手術のため、遠隔地での年末年始の入院が決まり、作品のことは胸の内に封印せざるを得ない状況でした。しかし幸運なことに、入院先でのより高度な検査の結果、その道のエキスパートである医師が「メリットが見込まれない故に手術は中止」という診断を下し、思いがけなく年内に退院となったのでした。大がかりな手術への覚悟は固めていたものの、底知れぬ恐怖心をどうにもできなかった私でした。

天国のぴよに、「手術の成功のためにママをサポートしてね」と祈っていたけれど、ぴよは手術の実施そのものから私を守ってくれたんだ！　ぴよからのギフトは、またしても人知を超えている！「ぴよちゃん、再びママの命を助けてくれてありがとう……」

天を仰ぎ、両の手を合わせました。

そして、お正月を家庭で迎えられる幸せを噛み締めていた年明けに、思いがけなく、文芸社からの郵便が届いたのです。投稿した作品についての真摯な講評と出版の熱心な薦めでした。自分の個人的な体験を分かち合うことが、他者にとっても意味深く、価値あるものとして共鳴していく可能性を教えていただく思いでした。そして、死産の喪失体験を覆っていた雲が消えて、天から光が差し込み、視界がぱっと明るく開けた瞬間でした。

全く予期せぬアプローチに、私のたましいは強く揺さぶられ、理屈なく「出版したい！」と叫んでいる内なる声を感じました。

この作品は実話です。もし本当に公に出版するとしたら、まずは作品の中に登場する家族の了承を得る必要があると思い、時を同じくして巡ってきたぴよちゃんの二十八回目の命日に読んでもらうことにしました。それぞれの当時の傷を想起させるような生々しい描写も多々あるため、このような機会がなかったら分かち合う勇気は決して出なかったことでしょう。皆、新たな涙とともに受けとめてくれ、力強く背中を押してくれました。

二〇二二年五月からのこのような思いも寄らぬ不思議な流れの中に、天の導きとぴよちゃんの後押しを確かに感じ、自費出版を決意しました。この決意には、ありのままの心の闇をさらけ出し、光へと導かれてきた、〝いのち〟を巡るきせきをしたためたい、悲嘆の体験をともに歩んでくれた家族と、祈り支えてくださった方々への感謝の証しとしたい、これまでたくさんの愛を頂いたご恩返しとして、様々な喪失の悲しみと苦悩の渦中におられる方々への一筋の光となれたら……と希求する願いがこもっています。

最後に、特記したいことがあります。出版にあたり、愛に溢れたイラストをできるだけ散りばめたいと思いました。この作品の挿し絵を描くにふさわしい存在は、死産当時、思いがけなく非常に重要な役割を担ってくれた義母しかいない！　と確信していました。私からのたってのお願いに心から快諾し、たましいを籠めて描いてくれた、私にとって命の恩人であり、陶芸家であり画家でもある義母の絵も、どうぞともに味わってください。

目次

ぴよちゃん

第二子がお腹の中にいる時の名前は、〝ぴよちゃん〟だった。およそ二歳差でお兄ちゃんになる予定だった第一子の息子が、私のお腹に赤ちゃんが授かったことを伝えた時、「ぴよちゃんだよ！　ぴよぴよ、ぴよちゃ〜ん」って呼んでくれたのが最初だったような気がする。

今から三十年前、ぴよちゃんの名付け親であるその息子のお産の時のこと。「ヒッヒッフー」という呼吸法により陣痛を和らげるラマーズ法で、夫婦心をひとつにして、協力し、ひとつの命を産み出す夢を抱きながらパパママ教室に通った。ところが予定日一週間前になり、妊娠中毒症を示す数値が急に上がり、主治医から「お腹の赤ちゃんの安全の確保のために帝王切開にしましょう」と伝えられた。パパママ協同出産へ

天から授かった新しいいのち、まるで
小さな宝石のよう
どうかすくすく育ちますように・・・

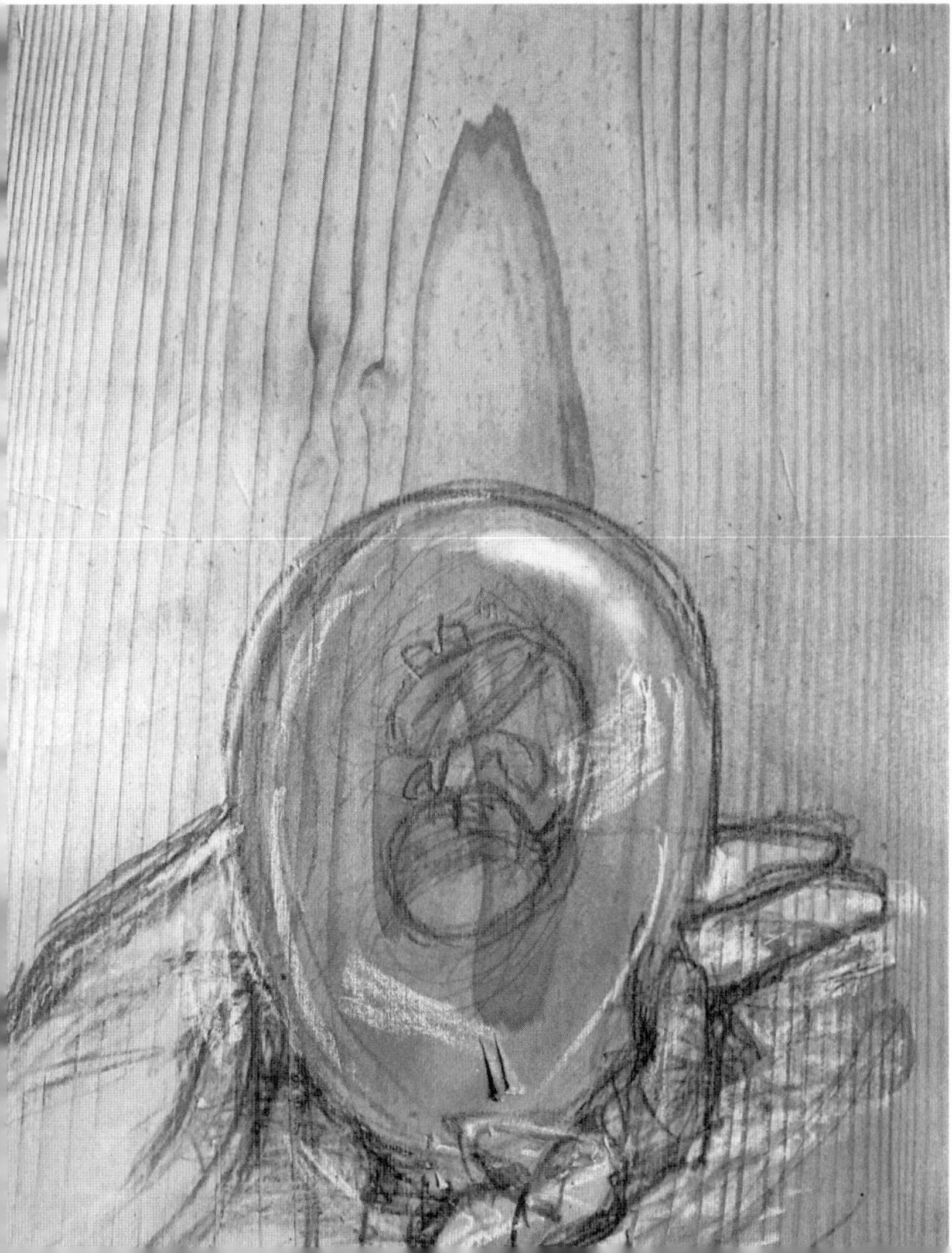

の夢が破れ、ナースステーション前の公衆電話で、夫に話しながら泣けてしまったことを覚えている。

そんな経緯があったので、第二子のぴよちゃんのお産は、今度こそ夫と一緒に「ヒッヒッフー」……息を合わせ、きっと自然分娩で産める！　と信じ込んでいた。

ぴよちゃんは順調に育ってくれた。臨月には、出産のために、名古屋の実家に里帰りをした。もうすぐ二歳の誕生日を迎える長男を連れて……。

ところが、またしても妊娠中毒症の数値が上がってしまい、主治医から自宅安静の指示が出たのだ。実は、妊娠中毒症は回を重ねるごとに重くなる傾向がある。でも、私は一人目で中毒症になっていたにもかかわらず、ドクターに任せきりで、調べることすらしていなかった。血糖値や尿タンパク値が上がっていても自覚症状はなかったし、むくみも目立たなかった。長男の時はたまたまのことで、今度は普通に産めるだろう！　と気楽に構えていた。

もし、最初のお産の時に、自分の身体に起きていることに真剣に向き合い、知識を得る努力をしていたら……。けれども私は、「命の重さ」を身をもって体験するまで、当たり前のように元気に出産できるもの、何かあっても現代医学なら助かるはず……と何の根拠もなく軽々しく思っていたのだ。命を産み出す、命が生まれるということについて、誠に無自覚な人間であった。

そんな私だったので、自宅安静と言われても、そこまで重大には受けとっていなかった。

実は同時期に、一歳違いの妹も初めての出産で、実家に帰っていた。臨月の大きなお腹の妊婦の娘二人とイヤイヤ期に入り始めた長男が勢ぞろい。その上、私に自宅安静の指示が出て、実家の母はどんなにか責任を感じていただろう。しかし、当時の私は自分の母体のこと、目の前の息子のことでいっぱいいっぱいで、それすら気づいていなかった。幸い、妹は母子ともに順調で、妊婦であることを忘れてしまうくらい、私の分まで母をサポートしてくれた。けれども、母の負担は尋常でなく、それを巡り毎晩のように家族会議が開かれたことは、当時の私にとってかなりつらいことだった。

「わたしだって母の負担になりたくてなっているのではない！　妹はあんなに動いても大丈夫なのに、何で私だけ普通のお産ができないんだろう！　どうして長男はもっとおりこうにしていてくれないんだろう！　ただでさえ両親に負担をかけてるのに……みんなみたいに元気なお産ができない自分が情けない！　迷惑ばかりかけて役に立てないわたし……ダメだなあ……どうしてこうなんだろう……」

これまで抱えてきた様々な葛藤の蓋が開いてごちゃ混ぜになり、親の前では決して吐き出せない感情が夜中にあふれ出る。ぐるぐると自問自答の渦に入り込み、眠れぬ夜をひとり悶々と過ごすようになった。胎内のぴよちゃんの安心安全を守ることよりも、自分自身の苦しい感情に呑み込まれてしまっていた。たとえからだは横になって安静にしていても、気持ちの面では苦しくなる一方。臨月のぴよちゃんのために心を穏やかにすることを最優先にできなかった当時の私だった。この時の自分自身の心の在り方への悔いも、長く残り続けることとなった。

そして――一九九五年一月十七日早朝、阪神・淡路大震災発生。名古屋の実家でも、未経験の感覚の強い揺れ……。全員が飛び起き、ＴＶの前に集合した。最初に映った場所が、兵庫県西宮市の信じ難い光景だった。

西宮といえばおばあちゃん、つまり母の母がひとり暮らしをしている。

「おばあちゃんがっ！」と、皆で顔を見合わせた。

当時、電話回線はパンク状態。祖母には全く連絡が取れず、二人の娘の迫りくるお産で既にいっぱいいっぱいだった母は、パニック寸前だった。


祖母に電話をかけ続け、固唾を呑んでTV中継を見つつ午前中が過ぎ、ここから車で十五分ほどの所に住んでいる夫の母が、祖母のことを案じ、花を持ってお見舞いに来てくれた。私の結婚式の時、母方祖父母と夫の両親のご縁が繋がり、祖父が亡くなった時には、西宮の祖父母宅での葬儀に参列してくれた義父母だった。昔ながらの木造日本家屋で被災した祖母の安否を危惧して、居ても立ってもいられず駆けつけてくれたのだ。今は天の住人である義父は、震災後まだ三日しか経たない時期に、状況を確かめるために、西宮の祖母宅まで危険を顧みず自力で足を運んでくれた。二人の温かな真心を思い出す時、今もなお感謝が溢れてくる。

「お義父さん、お義母さん、あの時は本当にありがとう……」

そのお昼のことだった。皆で祖母の行方を案じ言葉も出ない状況の時、私はお腹の強い張りに気づいた。このタイミングでいよいよお産の時がやってきたんだ！　ちょうど訪問してくれていた義母に伝えると、すぐに病院に行こう！　と迷わず車を出してくれた。

車内では、座っていられないほどの痛みが襲い、「これが初めて体験する自然分娩の陣痛なんだ！」「ぴよちゃん、病院に着くまで待っていてね」とお腹をさすりながら、懸命に堪えた。聞いていた陣痛のような緩急はなく、お腹は鉄の板のようにカチコチに張っていたが、私は陣痛と信じて疑わなかった。病院に着き、義母が駐車場に停めている間に、一刻も早くと這うように自力で産科に辿り着いた。

「さあ、いよいよぴよちゃんと一緒に出産に臨むんだ！」と、覚悟を新たにして……。

あの時の内診台での体験は、未だ昨日のことのように映像で思い出される。看護師さんが何度測り直しても心音が一人分しか聞こえてこないのだ。

「え？　お母さんの心音だけ?!」という声。一瞬にして凍りついた空気。騒然とした中で、「一刻も早く主治医に連絡取って！」と叫ぶ声。「お母さん、赤ちゃんの心音が聞こえなくて、今先生を呼んでいるからね」という看護師さんの悲痛な響き……。

あたふたと年配の主治医が駆けつけ、再び心音を聴こうとおたおたしている。

「先生！　早くしてください！　胎盤剥離で出血している可能性があります！」

看護師さんが怒鳴った。

「えっ胎盤が剥離って!?」……頭が真っ白になった。

「残念ですが赤ちゃんは亡くなっています。今から母体の命を守るために全身麻酔で緊急手術をします。ここにサインをしてください」看護師が、鬼気迫る様相で伝えてきた。私は仰向けになったまま、同意書に自動的にサインをした。突如目の前に緊急事態が立ちはだかり、呆然として思考停止、感情麻痺となっていた。涙が一筋伝わった頬の感覚を覚えている。

誕生の希望から一転、死の絶望へ・・・
意識とともに、四人家族の夢が遠ざかっていった

次に気がついたのは病院の個室のベッドの中。悪寒が止まらず目が覚めた。両親が悲痛な顔で私を覗き込んでいた。予期せずして出た第一声は「ごめんなさい」だった。
「ぴよちゃんごめんなさい！　尊い命を守ってあげられなくてごめんなさい！　死なせてしまってごめんなさい！　お母さんになってあげられなくて、ごめんなさい！　みんなを落胆させてごめんなさい！　心配かけてごめんなさい。喜ばせてあげられなくてごめんなさい。悲しませてごめんなさい。せっかくサポートしてくれていたのに、こんなことになってごめんなさい……」

様々な〝ゆるしてください〟の詰まったごめんなさいだったように振り返る。それを聞いた両親の「なぜあなたが謝るの？　一番悲しいのはあなたなのに……」という戸惑いの悲痛な表情が脳裏に浮かぶ。

改めて思い起こすと、あの究極の時に、ぴよちゃんへのごめんなさいだけでなく、家族へのごめんなさいも瞬時に湧いてきた自分を想うと……何とも言えなく切ないような気持ちが込み上げ、あの時の自分をぎゅうっと抱きしめたくなる。

「あの時、つらかったね。よくがんばったね……あなたのせいじゃないよ。誰のせいでもなかったよ……」

一方、経験したことのない当時の悪寒の感覚も覚えている。山のように毛布を被せてもらってもまだガタガタと震えがきていた。常位胎盤剥離という、赤ちゃんの命綱である胎盤が急激に剥がれ、子宮内が大出血となったために、あれほどの悪寒がしていたのだ。

昨日までお腹の中でともに過ごし十ヶ月近くかけて大きく成長した我が子が、生まれる寸前に突然消えてしまった。一心同体だった存在が、突如いなくなってしまった。くしくもその日は、あの阪神・淡路大震災当日。子ども時代にいっぱいかわいがってくれた、大好きな西宮のおばあちゃんが被災した。

多くの命が失われたあの日に、私の子宮の中でも大地震が起きてしまった。お腹の中だけでなく心の中も、喪失感という空洞がぽっかりと開いてしまった。喪失の感情を自覚するにはあまりに過酷な体験だったのか、しばらくの間、悲しみすらはっきり自覚できなかったように顧みる。

あれは死産の翌日のことだった。前日に駆けつけてくれた夫と二人で病室にいた時に、看護師さんが入ってきて、「亡くなられた赤ちゃんを抱っこされますか？」と問われた。あまりに唐突で、またしても脳が停止状態になった。私は、抱っこしたいと夫に伝えた。夫は、苦渋の面持ちで、つらい姿が残るからやめておこうと言った。思考も感情も機能しないままに夫の言葉を受け入れた。

この時の決断は、後々まで深い悔いを残してしまった。

一目ぴよちゃんに会いたかった。抱っこしてあげたかった。きっとぴよちゃんも抱っこして欲しかったに違いない。もっとよく夫と話し合うべきだった。母親なのに最期のお別れをしてあげられなかったなんて。……でも夫の言うように、対面すると、弱い私には受け入れ難い現実に心が壊れてしまったかも……そうなったら長男の子育ても難しくなってしまったかもしれない。でもやっぱり会いたかった。純粋に会いたかった。この腕で抱きしめてあげたかった。かわいいお顔を見たかった。どんな小ささか、どんな重みか、リアルに感じたかった。何より、ぴよちゃんにさらに寂しい思いをさせてしまった。唯一最後にしてあげられることだったのに……。
でも一度抱いたら別れ難くて離れられなくなったかもしれない。私にとって衝撃的なダメージとなる可能性を危惧する夫の深い思いやりだった。きっとそうに違いない。でも、でも……。

……何十年もの間、ふとした時に脳裏をよぎり、様々な悔いにひとり苦悩した。

けれども、思いがけなく夫婦関係で救いとなった出来事も起きた。ぴよちゃんとの対面を断り、「わかりました。こちらで見届けますね」と看護師が病室を後にした直後、夫と二人、これまで抑えていた何とも言い難い感情が噴出し、しばしの間、抱き合って泣けたのだ。日頃から、長男長女夫婦だからか、涙をぐっと堪えてしまうしんどいところが共通していて、二人にとって最も悲しいことが起きたのに、その時まで互いに涙を見せられていなかった。自分が泣いたら相手がもっとつらくなる……そんな思いもあった。
だが、この時ばかりは理性では制御不能の感情の大波が襲い、夫婦でしかわかり得ない我が子の喪失の思いを、やっとともにできた。我が子を亡くすという究極の痛みを最も共有したかった相手は、紛れもなく夫だった！　とわかった瞬間でもあった。

この時の体験は、私にとって夫婦の愛を証する真実である。四半世紀以上を経た今でも、夫婦関係への信頼が揺らいだ時、私にとって、確かな絆を想起できる最高の拠り所となってくれている。

「あの時、言葉にし難い嘆きを、夫婦でともにかみしめ、分かち合えたこと……一生忘れない。ぴよちゃん……はからってくれてありがとう」

本当はあなたを抱きしめたかった!!　この目で見たかった!!
ふたつの声なき声・・・やっとひとつに重なった
たぐり寄せてくれたのは、天使になったぴよちゃん

あの時

入院中、喪失体験に加えてしみじみつらかったこと……母乳を止める薬を飲まなければいけなかったこと。それでも湧いてくる母乳を絞って処分せねばならなかったこと。そして、産科病棟に入院したため、周りの病室から胎児の心音を測る音が延々と聞こえてきたこと。トイレに行く時、お腹の大きな妊婦さん、授乳室に通う妊婦さんとすれ違わざるを得なかったこと……。振り返るとあんまりな境遇だ！　と憤りを覚える。ただただ、つらかった。飛び出したかった。帰りたかった。

そして、本当に仕方のないことだけれど……夫は夫の立場で、両親は両親の立場で、妹は妹の立場で、義父母は義父母の立場で、それぞれ自分の悲しみとつらさを必死で耐えていることを想像してしまい、ありのままの弱音を誰にも吐き出せなかったこと。

正しくは、みんな耐えているんだから私もこらえないと……と自分だけで思い込んでしまったこと。
あの時、時間を取って、丸ごと寄り添い受けとめてくれる第三者がいてくれたら、どんなに救われただろう……。

ただただありがたかったこと……出血多量の私に、同じB型の実父が自らの血液を分かち合うと申し出てくれ、緊急手術の直後に、父の新鮮血によって一命を取り止められたこと。翌日からも、たくさんの見知らぬ方からの尊い輸血によって回復することができた。昔だったら母子ともに天に召されるほどの容態の状況で、母体の命を助けて頂き、さらに子宮も残されたことは、最悪の事態の中の最善の結果だったのだと、今は確信できる。

そして――、最愛のぴよちゃんの亡きがらを、入院中の私に代わり、夫の母が一人で火葬場に連れて行き、最期を見届けてくれたこと。生まれる前に逝ってしまった孫を永遠に見送るということ……祖母として、どれほど胸張り裂ける事態であったか計り知れない。

少し時を経てから、義母より不思議な話を聞いた。ぴよちゃんが入った小さな棺を助手席に乗せて火葬場まで運転途中、信号で止まった時、ぴよちゃんが寂しくないようふたの上に置いていたブリキのネコのおもちゃが、ひとりでにカタカタと回り出したのだそうだ。鳥肌立って……もう泣けてきてね……とお義母さん。話を聞いた当時は、まだまだ悲痛な思いに駆られ苦しくなった。

けれども長い年月を経た今、「わたしね、ママのお腹の中で楽しかったよ。じゅうぶん満足したよ。あの時、おばあちゃんが見送ってくれてすっごく嬉しかった。おばあちゃんからの真っ白なゆりの花のプレゼント、うっとりしてたよ。みんなみんな、愛してくれてありがとう。ひとあし先に天国で待ってるね。からだから抜けちゃっただけなんだよ。思い出してくれた時、いつも一緒にいるよ……ほら、今もね！　大好きなママ、光の世界でまたきっと会えるよ～」

……そんな明るい笑い声が、青空いっぱい響き渡るのだ。

「泣かないで、ばあば！　わたしいなくなってないよ。
ほら！　おとなりでカタカタって子ネコといっしょに遊んでるよ」

阪神・淡路大震災で被災した母方の祖母は、外国製の頑丈なベッドの下に咄嗟に隠れ、天井が落ちる全壊状況の中、一命を取り止め、避難所で元気にしていることを聞いた。祖母が助かり、ぴよちゃんがお空に帰っていったこと……祖母の命が助かって本当によかった！　天国のおじいちゃんとぴよちゃんが、おばあちゃんを守ってくれたんだ！　と心から思った。

同じタイミングに臨月で帰省していた妹は、同じ病院で三日後に、自然分娩にて母子ともに元気に長女を出産した。

産後間もない身体で、妹は入院中の私の部屋を訪ねてくれた。お互い、言葉に詰まり何も言えなかった。妹にとってはただただ喜ばしい初めての我が子の誕生のはずなのに、期せずして私の死産と重なり、どんなに複雑でしんどい心境を抱え、それでも勇気を振り絞って会いにきてくれたのだろう……。妹の胸中を想うと、泣けて泣けて仕方がなかった。妹も私の胸中を想い、我がことのように泣いてくれた。溜まっていた涙が溢れ出てくれた瞬間だった。言葉は必要なかった。姉妹のありがたさをこんなにも感じたことはなかった。

一方で、初産の妹がこの喪失の体験をしなくてよかった……心の底から思えたことがとても不思議だった。妹に無事に元気な女の子が生まれたことが純粋に嬉しく、ありがたく、心底安堵した。

退院してからも、実家で赤ちゃんのお世話を一緒にさせてもらった。不思議とつらさが増すことはなく、生まれたてのふにゃふにゃの赤ちゃんの全存在がひたすらかわいくて、ぽっかり空いた私の心の穴を癒し、満たしてくれたのだった。

以来、妹の長女の成長を通して、天国のぴよの成長にも思いを馳せる歳月となった。妹とお産の時期が重なったことは、天の采配だったのだろうか？　私には、どうしても偶然とは思えないのだ。

救われた存在……当時、二歳になる長男がいてくれたこと。ある日突然、母親である私が二週間不在になった実家で、一緒に乗り越えてくれた。幼いからこそ、全身全霊で緊急事態のただならぬ空気を感じ取ったのだろう。ダダひとつこねることもなく、おりこうに留守番をしてくれたそうだ。私の母の大奮闘はもちろん、母の友人が長男の遊び相手に来てくれたり……知らないところで、心ある様々な方が温かなサポート

あの世に旅立ったいのちと
この世に誕生したいのちと・・・
姉妹で分かち合った深い想い

をしてくれていた。

その中でも、最も尽力してくれた実の父母には、感謝してもしきれない。

今、私にも十八歳になる末娘がいる。もし、この子の身の上に私と同じ事態が起きたら……と想うと、代わってあげたくても代われない胸の痛みに耐えられるだろうかと、居ても立ってもいられない心情になる。二十八年を経てようやく、正面から、当時の両親の心境に向き合い、思いを馳せることのできる自分になれた気がする。

両親は、親だからこそそのはかり知れない痛みをこらえ、気丈に振る舞いながら、ただただ無心に娘のサポートに徹してくれたのだ。これが愛でなくて何であろう。当時は、自分自身の中の闇——様々な後悔と自責と他責の念——との格闘で押し潰されそうな心境で、愛を受けとる心の余白もなく、心の底からの〝ありがとう〟が伝えられなかったように思う。

「お父さん、お母さん……あの緊急事態の日々を、精いっぱい一緒に乗り越えてくれたこと、ふたりの渾身の愛に気づけなくてごめんなさい。本当に本当にありがとう」

さらに、カトリック信徒である母は、私の緊急手術とその後の回復について、たくさんの信仰の友に祈りをお願いしてくれた。口伝えで祈りの輪が広がり、私の知らないたくさんの方が切なる祈りを捧げ、支えてくれていた。見えない次元で、力強い祈りのパワーが確かに届き、私の予後は順調に回復していった。感謝しかない。

入院中、看護師さんそれぞれが心にかけてくださった。キリスト教の病院だったので、シスターも訪ねてくださり、ともに祈りを捧げてくださった。赤ちゃんの喪失体験をした母親への心のサポートが全くない時代だったので、専門的なサポートは得られなかったけれど、短いひとときでも多忙な看護の合間を縫って、慰めようとしてくれた方々の気持ちがありがたかった。

一人の若い看護師さんが、私を励まそうと思って訪ねてくれ、慰めの言葉を伝えてくれながら、思わず涙されたことがあった。その時に、私自身も初めて第三者の前で涙を流せたように思う。あまりにも喪失感が大き過ぎて涙の蓋がロックされた状態だったのかもしれない。私のために泣いてくださった看護師さんの素直な気持ちが、私の涙の袋の鍵を開けてくれたのだ。

こんなこともあった。一体どうしたことかと心配になるくらい、無表情で話さない一人の看護師さんがいた。その方の醸し出す冷凍庫のような緊張した雰囲気が耐え難く、私はできる限り丁寧にひとつひとつの看護に対して「ありがとうございます」「とても気持ちよくなりました」「本当に助かりました」と、感謝の思いを意識して伝え続けた。そうすることで、場の空気をほぐそうとしたのだが、最後まで態度はあまり変わらないように感じ、独り相撲のように思われ、寂しくなった。

けれども、退院が決まり、この看護師さんの担当はもう最後という時に、ぎこちなく「あなたの担当をさせてもらってよかったです。ありがとう」と伏し目がちに伝えてくださったのだ。思わず、「本当ですか？　嬉しいです。私の方こそお世話になりました」と伝えた。ほんの一瞬ふたりの視線が合い、能面のような看護師さんの口元が初めて緩んだ。

私は、自分が楽になりたくて思わず言葉をかけていただけだった。それなのに、この看護師さんは、最後に私にとって最高の言葉を贈ってくれた。だって、私はお腹の子を死なせてしまい母親失格と落胆していたから……。

看護師さんのその言葉は、あなたは失格じゃない、生きている価値のある人ですよ……そのような意味をもって心のど真ん中に響いてきた。その後、ひとりになった病室で、久しぶりに温かな嬉し涙が流れてくれた。

入院中こんなふうに、死産でボロボロになった心の布の隙間に、心在る方々の温かな気持ちが染み込んでいき、少しずつ柔らかくほぐれていくような感覚がした。

しかし、退院後、妹の赤ちゃんに癒されながらも、あの時主治医からの安静の指示にもかかわらず、胎盤剥離を起こしてしまった実家で過ごすことのしんどさが、日一日と増していった。

「どうして安静の指示が出ていたあの時に、ぴよちゃんからのお腹の異変に気づいてあげられなかったのだろう!!」

「身体の安静は保てても心の安静を保てていなかった。それがぴよちゃんに悪かったのではないか……」

「もっと早く入院の指示を出してくれていたら、ぴよちゃんは助かっていたかもしれない」

能面のような看護師さん、それは悲嘆を閉ざした自分そのもの
最後にそっと開いてくれたこころの扉

「いや、安静を保てていないことに自分で気づいていた。入院をお願いしなかったのはこの私ではないか……」

「でもあの時の私には入院という発想は浮かばなかった。妊娠中毒症の怖さを知らなさ過ぎた！」

「ぴよちゃんの母である私が知らなかったでは済まされないではないか……」

「でも主治医も何も言わなかった。プロなのにどうして!? ドクターとしての判断はどうだったのか？」

「いや、みんなその時は最善を尽くしていたはず……誰も責められない！ 責めなくてもいい！ でも、でも……」

「やっぱりぴよちゃんを死なせたのはこの私！ 私の母親としての迂闊さが原因なんだ！」

「でもそれだけを原因と思うことは耐えられない！」

「ぴよちゃんに何度謝っても帰ってこない。一体、私はどう償ったらいいのだろう」

「こんな私は生きていてよいのだろうか……」

入院前に休んでいた実家の同じ部屋で、またしてもひとり眠れぬ夜を過ごしていた。夜になると新たな疑問や悔いが渦巻き、気が狂いそうな境地になってきた。頭の中で、自分を責める思い、他者を責める思いが交錯し、一人になると止まらなくなった。

さらに自分で自分をしんどくさせていたことは、もともと弱い自分を家族に見せることが超苦手で、胸の中は大荒れの嵐だったにもかかわらず、実家の家族の前では平静を装い続けてしまったこと。しかし、父や母、妹……それぞれに私の死産への様々なしんどさを抱えながらともに過ごしてくれていることを思うと、どうしても平気に振る舞ってしまった。

あの時、それでも崩れてしまわなかったのは……満二歳を迎えようとしていた、〝ぴよちゃん〟という呼び名を発案してくれた長男がそばにいてくれたからだ。

「私が闇に呑み込まれたら、幼いこの子のお世話ができなくなる……いや、それだけは避けなければ！　息子のお母さんは私しかいない！　この子だってこの緊急事態の嵐の中、精いっぱい、一緒にがんばってくれているんだ！　息子の母親はこの私なんだ!!　いま、ここで私が踏ん張らないで、他に誰がこの子のお母さんになれるの？

私だけじゃない。ここにいるみんなつらいんだよ。みんなこらえてる。
だから自分の苦しみは自分で抱えないと・・・

目の前の我が子は、変わらず抱っこを求めてくれる。笑顔が消えた私に甘えてくれる。心の中が真っ暗なお母さんなのに、全身で大好きを伝えてくれている……」

息子の無邪気な存在から無条件の愛をもらい、無償の笑顔に包み込んでもらいながら、一日一日、持ちこたえていけたように思う。たった二歳の長男は、紛れもなく、あの時の私の心の救世主だった！

「息子よ、あの時、傷つき果てた母を、あるがままに丸ごと受け入れ、ともに生き抜いてくれたこと、私にあなたの母であること、生きる原動力にスイッチを入れてくれたこと……ただただ生きることの喜びを体現していたあなたにしかできなかったことだよ。小さなからだの大きなチカラ……ありがとう……」

そして私は、夫の待つ浜松の自宅にものすごく帰りたくなり、居ても立っても居られない境地になっていった。

「息子と一緒に帰ろう!!　本来のわが家へ」

「お母さん、いっしょにねんね〜」
おさない息子の生きているぬくもりが、
からだの芯に染み通っていった。

身体の回復はまだ途上ではあったが、予定より早い時期に帰ることにした。火葬場でぴよちゃんを見送ってくれた義母が、車を出してくれた。浜松に早めに戻りたい気持ちを相談した時の「家族が一緒に暮らすのが一番だよ」という温かくも力強い義母からの一言で決心が固まった。

今回、改めて名古屋での喪失直後の心の動きをできるだけ具体的に想起してみて、「本当によくこらえたね、本当にたくさんの人に助けてもらったね。ありがたかったね。よくがんばったね、ご苦労様……」と自身にねぎらいの言葉をかけたくなった。そして、天使になったぴよちゃんが、ぴったり寄り添い、片時も離れず私を支えてくれていたこと……信じて止まない境地に至った。

ここに二十八年前の一通の手紙がある。
死産当時、両親の大切な信仰の友から頂いた私宛ての手紙だ。

「祐子様

このたびのこと　お聞きして　何ともたとえようのない気持ちに　胸を　ふさがれております。
私でさえ　この様ならば　祐子様は　どのようなお気持ちを味わわれたのか　お察し申し上げます。
そして　そうした辛い悲しみの中から　天空に向かって　祐子様の　神さまへの信仰が　立ち昇ってゆくような　一つの願望が　心を占めております。
汚れなき天の国へと移されたことを信じ　神さまのみ計らいの深いことを信じてお嘆きに　ならないで下さいませ。

可愛らしさを増すお坊ちゃんとの日常の中で　一日も早く　健康なお体と　元気を取り戻して下さいますように　心から祈り願っております」

……今は天の国の住人となられたこの方の深い思いを、改めてかみしめている。孫を喪失した母への慰めと励ましのお便りも、同時に送ってくださっていた。何と今回、二十八年ぶりに、実家の引き出しの奥に大切にしまわれていた二通の手紙を、母が見つけ出してくれたのだ。このように、有形無形のたくさんの祈りのおかげで、いまここに生かされている私がいる。もう決して直接伝えられぬ感謝の思いを込めて、書き起こさせていただいた。

愛のギフト

とうとう浜松の自宅に帰ってきた。

当初、家族以外は誰にも会いたくなかった。特にママ友には……。だって、無事に出産して二人になって帰ってきているってみんな信じきっているだろうから……。

でも、「庭で遊びたいよ〜、公園行こうよ〜」って背中を押してくれた息子がいてくれて、どうにか一歩を踏み出せた。

私は、努めて明るく気丈に振る舞った。様々に優しい反応だった。人の温かさに触れて「ありがとう」の思いと、重たい気持ちにさせてしまって「ごめんなさい」の思いのはざまで、心が大きく揺れ動くのがしんどかった。思わず涙してくれた心優しいママの前で、わっと泣けてきそうになった。けれども、一度涙の蓋が開くとどうなってしまうかわからない自分がいて、ぐっとこらえ「ありがとう」と笑顔で返した。

浜松で、真っ先に会いたかった親友がいた。同年代の信仰の友で、脳腫瘍で入院中だった。病と闘いながら、死産した私のために祈ってくれていたのだ。ベッド越しに彼女がかけてくれた、たましいからほとばしり出た言葉を、生涯忘れない。

「ゆうちゃん、お帰りなさい。よく帰ってきてくれたね。生きて会えて本当によかった！　生きていてくれてありがとう……」

溢れ出る涙とともに、「ああ！　私、生きててよかったんだ……」という思いが過《よぎ》った。奥底で「私の命と引き換えに生まれさせてあげられなかった」と、自分を責め続けていたから……。

命の瀬戸際に唯ひとり、何度も脳を開く手術を受けながら、生き抜くために格闘していた〝心友〟から出た言葉は、慰めでも励ましでもない、命を懸けた叫びだった。

その瞬間、ぴよちゃんの命の代わりに私が身代わりになればよかった……と何度も悔いたそれまでの自分を恥じた。そのような弱い私を、丸ごと包み込むような友の慈しみのまなざしが、闇の中に差し込む確かな光となって救い出してくれたのだった。

あれ以来、二十八年の月日が経った。幾度、あの言葉を贈ってくれた心友とのあの病室のシーンがよみがえり、立ちはだかる目の前の壁に踏み留まり、困難を乗り越える光の柱となってくれたことだろう。浜松に戻った翌日、喪失の悲嘆に溺れそうになっていた私を、真っ先に彼女のところに導いてくれた存在……そう！　それはきっとたましいの姿に返ったぴよちゃん！

「友よ、これまで幾度となく、あの渾身の叫びをもって私を掬い上げてくれたこと……ただただありがとう」

その半年後に、心友は三歳の一人娘を家族に託し、魂の故郷へ帰っていった。
葬儀のミサに預かりながら、思いがけなく、ぴよちゃんを抱っこしてにっこり笑っている友の姿が目に浮かんだ。

「私が思いっきりぴよちゃんをかわいがるから安心してね」と微笑む彼女に、思わず「よろしくね！　それからね、天国のぴよちゃんと一緒に、あなたの最愛の娘の最強の応援団になってね！　約束だよ」とこたえていた。

浜松での毎日……当初はぴよちゃんのことを思い出さない瞬間はないくらいの日常だった。心の中で、これまでのことは全て夢で、実は無事に出産してぴよちゃんをこの腕に抱っこし、おっぱいを飲ませてあげるハッピーエンドの空想物語を思い巡らすような日々。そんな日常の感覚を忘れそうになる私を、現実に引き戻してくれる役割を担ってくれたのはイヤイヤ期を迎えた息子の存在だった。この時ほど、まだまだ手のかかる年齢の我が子がいてくれることの大変さとありがたさの両方に気づかされたことはないように思う。

平日、私一人だったら外に出る勇気が出なくて、長く籠もってしまったかもしれない。自分の健康のためだけに料理を作って食べる意欲が湧かなかったかもしれない。全ての感情に蓋をして、喜怒哀楽を失ってしまったかもしれない。育ち盛りの長男を

友よ、あなたは髪を失った聖母のよう・・・
凜とした生き様に、今もなお勇気づけられる

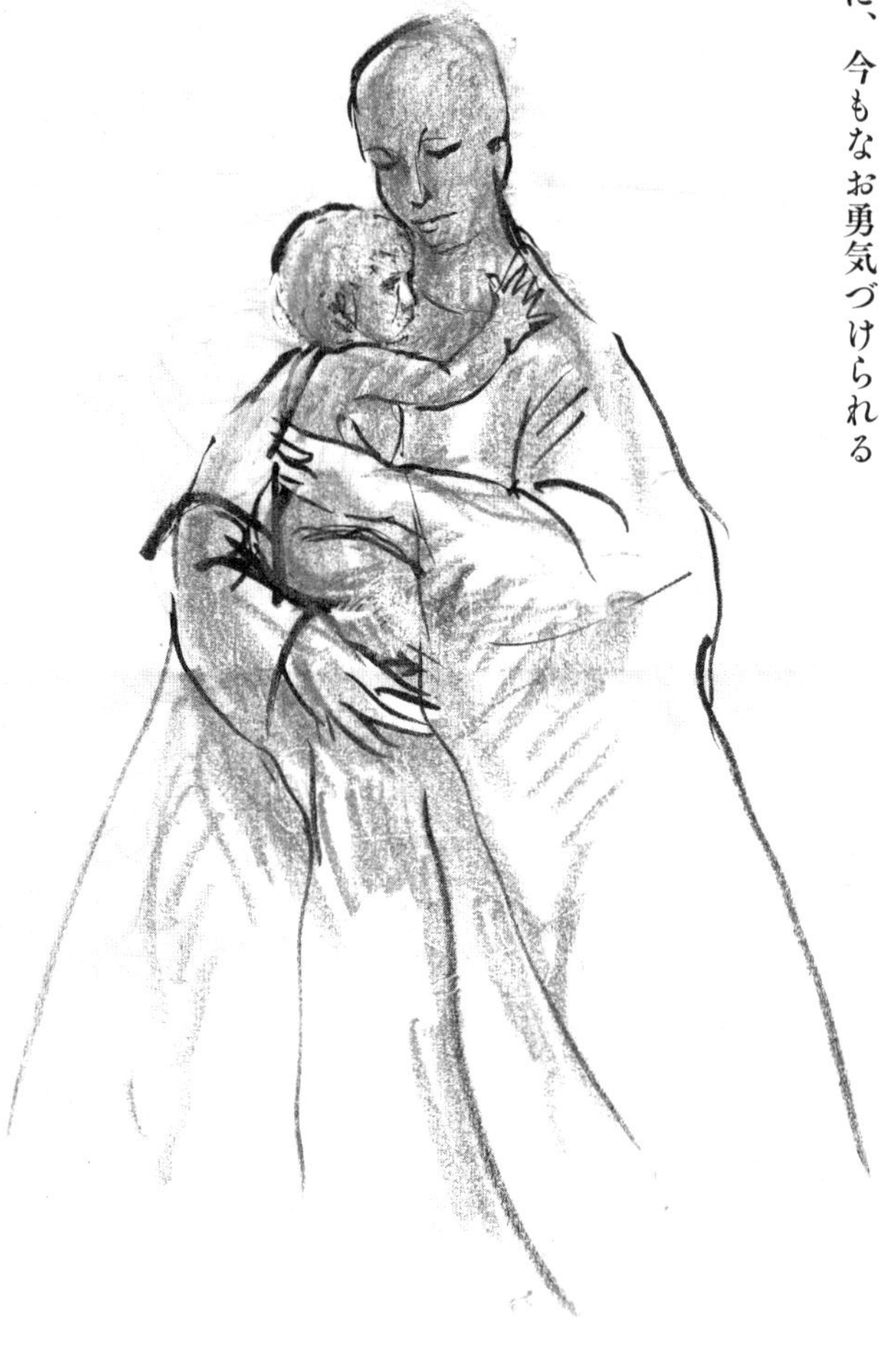

育てるという大きな使命があったから、息子のためにと鉛のような身体を動かしながら、少しずつ人間味を帯びた生活を取り戻すことができた。モノクロの日常に少しずつ色彩が戻っていった。屈託ない息子の存在にどんなに救われた日々だったか……。「息子よ、あの時、お父さんお母さんの心に、再び前を向いて人生の一歩を踏み出す勇気を与え、希望の明かりを灯してくれて、やっぱりありがとう」

ぴよちゃんは、いのちの真の価値を教えてくれた。いのちを授かること、胎内で育まれること、母子ともに無事に生まれること、元気に育つこと……。

それら全てが奇跡であること。

出産は当たり前のことではなく、母子ともに命懸けのもの……自分の理想の出産ばかり夢見て、いのちを産み出すこと、いのちが産み出されることの本質に気づいていなかった私へ、全身全霊をもって真理を伝えてくれた。

二歳の息子に手を引かれ、やっとの思いで外の世界へ・・・
世界は変わらず優しかった

喪失体験の直後は、通りでお腹の大きな妊婦さんや小さな赤ちゃん連れのお母さんを見かけると、張り裂けるような胸の痛みが走った。

けれども同時に、

「どうか赤ちゃんもお母さんも元気に生まれますように……」

「どうかすくすく育ちますように……」

「二人とも無事に退院できますように……」

そう心の中で手を合わせ、祈らずにはいられなかった。新生児専用の救急車を見かけた時も同じだった。

今も同じだ。そして、我がことととして祈りを捧げる気持ちにさせて頂けることそのものが、やっぱりぴよちゃんからの愛のギフトなのだ。

暗闇から光へ

　また、他者からの予期せぬパンチに見舞われた体験もあった。生後数時間で我が子を亡くした経験を持つ友人と、互いの喪失体験を分かち合っていた時のことだった。天使そのものの我が子を抱っこした時の思い出を愛おしそうに語った友が、その体験を共有しようと聞いてきたのだった。

「赤ちゃん、抱っこしたら、やっぱりかわいかったよね～？」

「あっ！　私、いろいろあって抱っこしてあげられなくて……」

「えー!?　抱っこしてあげればよかったのに～！　きっと、かわいかったよ～」

「!!!」……咄嗟にひきつり笑いをしながら、

「あっ、そっそうだね、きっとそうだよね～」

サラッと受け流すことで精一杯だった。

この短い会話に深く傷ついてしまった。

心の中で叫びたい思いがグルグルと渦巻いた。

「何で、そんな残酷なこと言うの？　何も知らないのに、そんな簡単に言わないで！」

「私だってほんとは抱っこしたかった！　ぴよちゃんのかわいさを抱きしめたかったよ。誰よりも!!」

「悪気がないことはわかってる。それだけにつらい、痛いよ……」

屈託ない言葉が、剣のようにこの胸に突き刺さってしまった。


より正確に思い起こすと、蓋をすることで自分の心を守っていた「亡き我が子の抱っこを拒否してしまった！」という、受け止めきれない罪悪感をえぐられたような痛みが走った。

「最後の最後に見放してしまった」「ぴよちゃんへの本当の気持ちと向き合うことができなかった」と、深いところで自らを責め続けていた私がまだまだいたのだなあ……と当時を振り返る。

もうひとつ、忘れられない胸塞がれたやりとりがあった。

長男が四歳になる頃だったか、木のおもちゃの店の顔なじみのスタッフが、「二人目産まない主義なの〜？」と悪意のない笑顔で話しかけてきた。不意打ちに、頭の中が真っ白になったことを覚えている。その後、しばらく、悶々とせざるを得ない時間を過ごした。

店主は、単なる話題作りのような軽い口ぶりだった。

しかし、よりによって二人目を亡くした私に言うなんて、あんまりだ！　ひどい!!　つら過ぎる!!!　この人には本当のことは言えない、絶対言いたくない……。

一気に湧き上がった腹立ちと悔しさをグッとこらえながら、心の中で、もう来ない！　と叫んで店を後にした。何気ない言葉の怖さを知った。

思いがけず言葉のパンチを放った二人は、この短いやりとりの後に、まさか私が何日も引きずってしまったことは知らないに違いない。年単位で時が経ても、ふと

「抱っこしてあげたらよかったのに〜!」と「二人目産まない主義〜?」という短いフレーズがよぎり、何ともいえず気分がふさいでしまうことがあった。

以来、どうしてもその友人にもその店員にも会うことができなくなってしまった。カサブタを剥がされるような疼きとともに、身をもって、言葉の持つ大きなリスクを学んだ。とりわけ繊細でナイーブな内容について、言葉を発する前に、相手方には思いもよらぬ背景や事情があるかもしれないことを心しておかねばならない……他者に対する大切な配慮として、自身の胸に刻み込んだ体験でもあった。

当時よりも俯瞰して受け止められるようになった今、久しぶりに蘇ったこのふたつの体験は、いったい何を教えてくれているのだろう……?

流れる時とともに、この二人へのゆるせない思いは和らいでいったように感じる。

それは、様々な人生経験の中で、自分とて知らず知らず他者を傷つけてしまう存在であった……という真実に気づき、苦渋のうちに認めざるを得ない体験を経て、わたし自身のこころの貧しさを受け入れていく歩みがあったことが大きい。

とりわけ、三人の我が子に対して感情が暴走してしまった後、そんな母の未熟さをゆるしてくれている子どもの純粋な愛と、悔やむことの多い母を見放さずともに生きてきてくれた子の優しさに触れる度、幼い子の些細な過ちをゆるせない思いになっていたうつわの小ささを恥じ入る境地にさせてもらった。そして、我が子の母への愛の深さにはっと気づく度、自身を責めている自分をゆるしたいと思え……その繰り返しだった。

さらに、この歩みは、ぴよちゃんのたましいの愛に通じる、〝大いなるまなざし〟があってのプロセスだった。私というちっぽけな存在を遥かに超えた慈しみのまなざしが、他者に隠したくなるような弱さがいっぱいある等身大の私を丸ごと包み込んでくれていること……人生における数え切れないほどの咎《とが》が全て赦されてきたこと……その無条件で無償の愛に気づかされ、心を開いていくほどに、自分の弱さをゆるしてあげられるようになり……いつの間にか、自他を責めたくなる心の固い結び目が解され、癒されていったように思う。

ある時、こんな問いが生まれた。

「いま、改めて、ぴよちゃんが帰っていった天空から当時を眺めてみたら、いったいどんな景色が見えるのだろう？」

あのふたつの体験を通して、心のカサブタの奥にあった、癒えていない生傷が確かにあることが浮き彫りになった。そうか……あの体験はそのことに気づくきっかけでもあったのかもしれない。

「まだまだケアが必要な生身の自分なんだよ。無理して忘れようとしなくても大丈夫、元気そうに振る舞わなくても大丈夫だよ」という天からの呼びかけ。つらかった出来事の後ろ側に、そんなあたたかなメッセージが隠れていたのかもしれないね、ぴよちゃん。


ぴよの愛のまなざしを通して顧みると、あの時の二人は、ケアしきれていなかった当時の心の傷、受け入れられていなかった心の暗闇を教えてくれた存在だったのかもしれない……そんな風に受けとめられると、グレーに染まっていた景色が澄み渡り、虹色の豊かな景色へと変容した。こころが緩み、感謝が溢れ……全てのわだかまりが昇華されていく感覚になった。


こうしてフラットな地点に立てるようになると、新たな捉え直しができた。

きっと友からすると「生きていなくても、赤ちゃんはやっぱりかわいい存在だよね～」という想いを分かち合いたかっただけだろう。

おもちゃ屋のスタッフからすると、なじみの客におしゃべりのきっかけを掴みたかった！　ただそれだけのシンプルな出来事だったのだろう。


〝悲嘆〟の雲に覆われていた故に傷つき過ぎてしまった当時の自分を、いまここで、両の手を広げて思いっきり抱きしめてあげたい想いになった。


ぴよちゃん……

全てをゆるしたい！　ママの奥底の本当の気持ちに出逢えるまでの長い道のり……ずっとずっと一緒にいてくれて……闇から光へとママを導いてくれたんだね！

やっと抜け出せたよ。尽きないサポート……ぴよの愛を確かに受け取ったよ。

郵 便 は が き

料金受取人払郵便

新宿局承認

2524

差出有効期間
2025年3月
31日まで
(切手不要)

1 6 0-8 7 9 1

1 4 1

東京都新宿区新宿1－10－1

(株)文芸社

愛読者カード係 行

ふりがな お名前		明治 大正 昭和 平成 年生 歳	
ふりがな ご住所	□□□-□□□□		性別 男・女
お電話 番 号	(書籍ご注文の際に必要です)	ご職業	
E-mail			

ご購読雑誌(複数可)	ご購読新聞 新聞

最近読んでおもしろかった本や今後、とりあげてほしいテーマをお教えください。

ご自分の研究成果や経験、お考え等を出版してみたいというお気持ちはありますか。

ある　ない　内容・テーマ(　　　　　　　　　　)

現在完成した作品をお持ちですか。

ある　ない　ジャンル・原稿量(　　　　　　　　　　)

書　名			
お買上 書　店	都道 府県　　　市区 郡	書店名	書店
		ご購入日	年　月　日

本書をどこでお知りになりましたか?

1.書店店頭　2.知人にすすめられて　3.インターネット(サイト名　　　)

4.DMハガキ　5.広告、記事を見て(新聞、雑誌名　　　)

上の質問に関連して、ご購入の決め手となったのは?

1.タイトル　2.著者　3.内容　4.カバーデザイン　5.帯

その他ご自由にお書きください。

(　　　)

本書についてのご意見、ご感想をお聞かせください。

①内容について

②カバー、タイトル、帯について

弊社Webサイトからもご意見、ご感想をお寄せいただけます。

ご協力ありがとうございました。

※お寄せいただいたご意見、ご感想は新聞広告等で匿名にて使わせていただくことがあります。

※お客様の個人情報は、小社からの連絡のみに使用します。社外に提供することは一切ありません。

本当にありがとう……

やっとすっきりできた！　再びお産ヒストリーに戻れる心境になれた！

きせき

なんとか子宮を残してもらえたおかげで、その後に流産を経て、次男、長女を授かり、総合病院にて妊娠中毒症への厳重な管理のもと、無事に出産することができた。二人とも中毒症の数値が上がったら即入院、できる限り早く帝王切開で出産、約一ヶ月の間、ＮＩＣＵ（新生児集中治療室）と小児科にて適切な健康と体重を取り戻すまで治療し、手厚く育てて頂いた。多くの方々の助けと祈りのおかげで、今のふたりのいのちがある。なんとありがたいことであろうか！　ふたりとも、生まれた時のひ弱さを思うと、信じられないくらい元気に育ってくれた。なんという奇跡であろうか！それぞれに、忘れ得ぬお産の物語がある。

次男は、ぴよちゃんの死産、一年後の流産、その三年後に授かった命だった。中毒症の数値が上がり、すぐに入院した時は、ぴよちゃんの時のことがリアルに思い出されて、血圧が一気に上昇！　産声を聞くまでは、無事に生まれる確信が全く持てなかった。

オギャーオギャー……

心底安堵したあの第一声は忘れられない。

けれども、内臓が成熟する前の三十五週で生まれた次男は、命に関わる可能性のある何箇所かに問題があることがわかった。そのことを小児科医から告げられた時は、目の前が真っ暗になり、ぴよちゃんのことが一気に蘇った。耐えきれず師長さんの部屋に駆け込み、泣きながら聞いてもらった。ひたすら耳を傾けてくれた後に、主治医の話は最悪の場合のことで、命に関わる事態になる可能性は低い状況であることを丁寧に話してくれた。師長さんのおかげで、再び希望を取り戻せた。

保育器の中で、やせ細った身体の次男はたくさんの痛い治療に耐え、無事に危機を乗り越えた。私はぴよちゃんに、ただただ祈ることしかできなかった。ぴよは、小さな弟のために、神さまにしっかりお願いしてくれたに違いない。手術に至らず、点滴治療だけで済むよう助けてくれた。

次男は、随分大きくなるまで痛みにかなり弱かった。歯医者や注射の度に怖がる姿に、保育器の中で痛い思いをいっぱいしたんだよね、よくがんばったね……と切なくなったものだ。

あんなにか弱く生まれた次男だったが、今はなんと一八〇センチを超える大人になった。私にとって、このことはやはり奇跡なのだ！　感謝しかない。


次男がＮＩＣＵに入院していた時、同じ頃に誕生したかわいらしい女の子も保育器に入っていた。治療が落ち着き、赤ちゃんに会いに行けるようになってから、女の子のお母さんと度々一緒になった。心臓に問題があるとのことで、お母さんは赤ちゃんの容態を心配されながらも、愛おしく抱っこし、お風呂に入れ、おっぱいをあげ……と懸命に通われ、できることを精いっぱいされていた。

次男の方が先に退院となり、とある定期検診の時、どうしてもあの女の子のことが気になり、思い切って主治医に尋ねた。あれから三ヶ月、懸命に生きた末に命が尽きたとのことだった。

ショックだった。一緒に面会したあのお母さんの悲しみは計り知れなく、当時の私にはぴよちゃんのこととも重なり、胸が痛くて想像することができなかった。けれども一方で、あの女の子はきっと幸せに旅立ったに違いないという思いも湧いた。なぜなら毎回の面会で、お母さんの深い愛情をしっかりと受けとっている姿を、確かに見せていただいたから……。そして、三ヶ月の人生を立派に全うしたのだと思えた。なぜなら、保育器の中で精一杯、自分の人生を生き抜く姿を見せてくれたから……。

家族の立場では、「どうしてうちの子にこんなむごいことが！」という問いに覆われてしまう喪失の体験だろう。この世の価値観からはあまりにも短い一生と思われる。けれども、当事者のあの女の子自身のたましいはどうだったのだろうか？　こたえのない問いかけではあるが、時を経るにつれ、その女の子を思い起こす時、満面の笑みをたたえながら、「ありがとう、お母さんから生まれて、わたしに会いにきてくれて、すっごく幸せだったよ～」と手を振って天に帰っていく姿がはっきり浮かぶようになった。

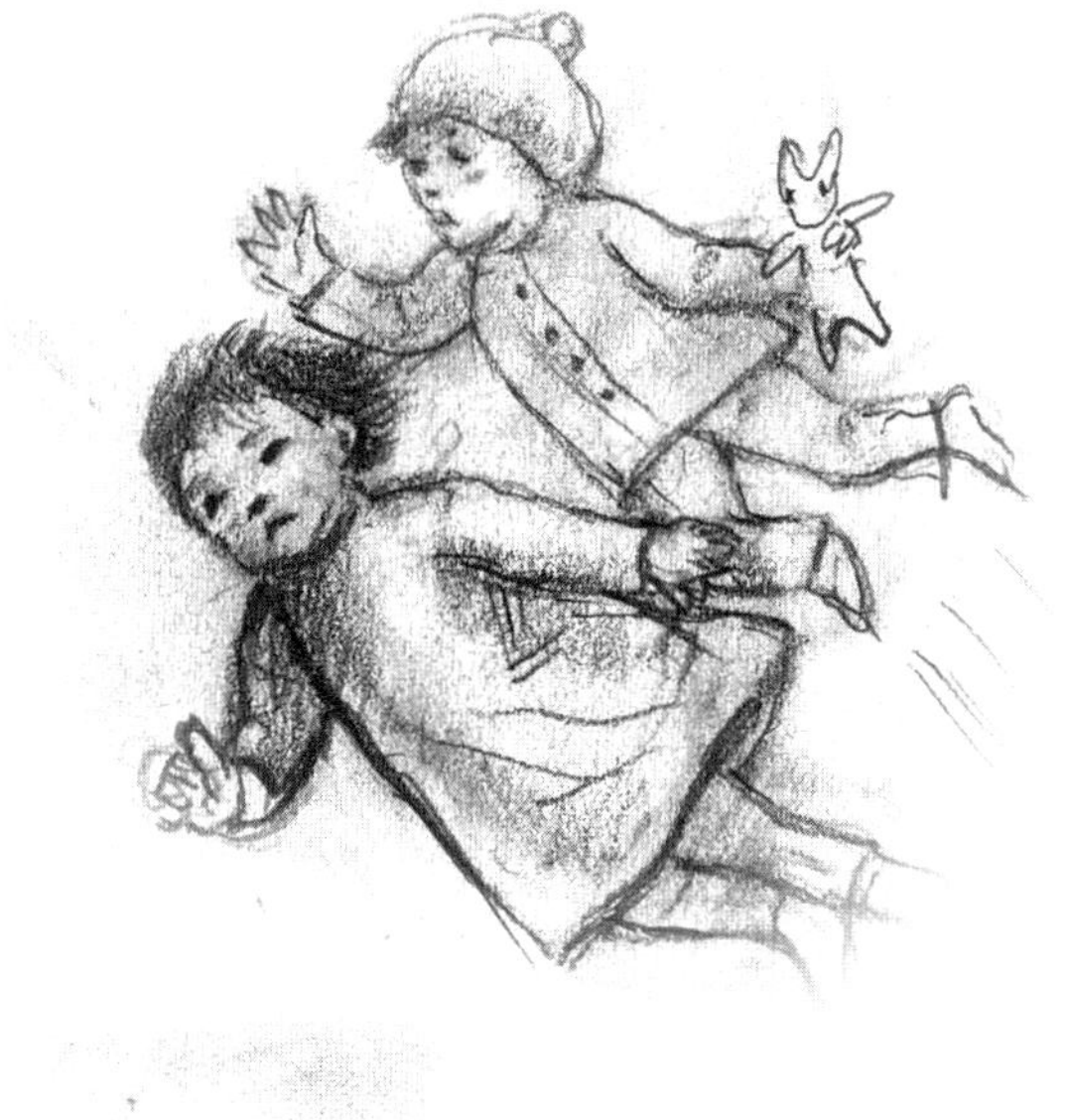

「ママ、ありったけの愛をありがとう」
生後三ヶ月のいのちは、
仲間といっしょに誇らしげに帰っていった
真っ青な空へ・・・

さて、長女である末の娘は、長男が十二歳、次男が六歳の時に誕生した。

ぴよちゃんが女の子だったから、神さまも同意してくれるなら娘を授けてくださ い！ もう一度、娘を産むチャンスを与えてください！ 次男が入園してから人知れず祈っていた。けれども一向に授かる気配もなく、年齢も四十代に近づいていた。既に三回の妊娠中毒症と帝王切開を体験していたという身体の事情もあり、新たな妊娠を望むこと自体が違うのかもしれないとあきらめることにした。ミニチュアダックスのアムールとエトワールとの出逢いもあり、自然と末っ子への願いを手放した頃に、なんと妊娠四ヶ月の赤ちゃんが授かっていることが判明した。

その時私は、「女の子だ！ 今度こそきっと無事に、元気な赤ちゃんが生まれる！」……何の根拠もなく確信した。

性別は生まれるまで聞かなかった。主治医は、妊娠中毒症四回目、死産と流産の経験者、四十歳を目前とした帝王切開四回目となる私の経過を、相当な緊張感を持ってサポートしてくれていることが伝わってきた。

しかし、当人は、不思議と「今回は大丈夫！」と肝が据わっていた。なぜって？　だってこんなこと、奇跡でしかあり得ないもの。天国のぴよが神さまにお願いして授かったいのちなんだから、絶対に大丈夫！　そう信じて疑わない自分だったから……。

実際、娘は一八〇〇グラムに満たない体重で生まれ、すぐにＮＩＣＵに入ったが、次男の時と違い、小さいだけで他に問題がなかった。お腹が空いて保育器を泣いてキックするくらい元気な赤ちゃんだった娘は、看護スタッフの温かなサポートのもと、すくすく大きくなってくれた。

生まれたばかりの娘の感受性が最も敏感な産後三週間の日々を、母娘一緒に過ごせなかった影響は確かにあるかもしれない。けれどもその代わり、献身的に看護しながら毎日の娘の様子を日誌に残してくださったスタッフの方々の愛情を、娘はいっぱい受けとりながら育つことができた。次男の時も誠心誠意、お世話になった。このご恩を決して忘れないよう、感謝を持ち続けたいのだ。

現在十八歳の娘は、子ども時代、もしぴよちゃんが天国に帰ってなかったら、私は生まれてなかったかもしれないよね、そしたらお母さんと会えなかったよね……？　そんなことを時々言ってきたものだ。その言葉を通して、周囲が娘のことを、きっとぴよちゃんの生まれ代わりだね！　と好意的に話すニュアンスが、娘にとって心外であるように受けとめた。

娘は、「私は私！　ぴよちゃんの代わりみたいに言わないで！」。そんな心境だったのではないだろうか。だから私も、娘は娘、ぴよの生まれ変わりではなく、ぴよちゃんの私たち家族への最高のプレゼントと思うことにしている。たとえ同じ魂が生まれ変わったとしても、一回一回違う人として生まれてくることは確かだ。それぞれが唯一無二の存在として、個々を尊重する大切さを肝に銘じたい……そんな思いで娘とともに生きてきた。

末娘が大人の年齢に近づくにつれ、私自身が死産当時の母の立場に近づいて、当時の母親の心境がやっと我がこととして想像できるようになってきた。そんな未熟な自分をかみしめている。

難産をものともせず、
小さく生まれ大きく育ってくれた逞しい子どもたち・・・
父と母のこころを鍛え、耕してくれてありがとう
有形無形の愛によって生かされ生きている尊いいのちよ、
一度限りの人生を丸ごと慈しみ、思いっきり謳歌してほしい

こたえ

死産の約一年後に体験した流産は、クリスマス近くの日だった。その日は、家族ぐるみで懇意にしていた長男の友達親子と一緒にクリスマス会を我が家でしていた時だった。トイレで出血があった。友人に伝えると、息子は預かるからとにかくすぐに受診して!! と言ってくれた。

実は、その後の記憶がない。死産の後の妊娠の喜びも束の間、初期で流産してしまった事実を受け入れられず、記憶を封印してしまったのかもしれない。流産した赤ちゃんのたましいは、お母さんである私にどのような気持ちでいて欲しかったのだろうか? やはり、覚えてなくてごめんね……は違うように思う。

「少しだけでもお腹の中に宿ってくれてありがとう。お兄ちゃんを頼める友達ママが来てくれているタイミングでサインを出してくれて、お母さんを病院へと導いてくれてありがとう。流産の手術で子宮がきれいになって、次のお兄ちゃんが授かって、無事に育ってくれたのかもしれないね。ありがとう。まだまだあなたからのメッセージを受け取れていないけれど、あの時ママを選んでくれたこと……とっても嬉しかったよ。懐妊からの幸せな時間と、かけがえのない体験をありがとう……」

そんなメッセージをあの子のたましいに伝えたい。

私には出産方法の選択肢はない。自然分娩でなくても、いっとき母子分離となっても、退院の時期が母子別々になっても、とにかく命さえ助かればいい！　理想の出産を度外視せざるを得ない体質だったからこそ教えてもらえたこと……究極に大切なのは『命』だ！　天からやってきてくれた、五つの勇敢ないのちが教えてくれた。

他方、私はひとつの大きな問いをずっと抱えて生きてきた。

「なぜ阪神・淡路大震災の当日だったのだろう？」

「ぴよちゃん、あなたの寿命は初めから決まっていたのだったとしたら、多くの魂と一緒に天国に旅立ちたかったからこの日を選んだの？」

どんなに小さくてもかけがえのない〝いのち〟
清らかで愛おしいふたりの赤ちゃん・・・
ほら、天国でいっしょに遊んでる
きっと幸せって信じてる

私自身は、たまたま震災当日に自分の子宮でも大地震が起き、命綱の胎盤が剥がれ我が子が胎内で息を引き取ったこと……この耐え難い事実を前に、小さなぴよちゃんの汚れなき魂が、震災で失われた多くの命の魂とともに天の故郷へ帰っていったに違いない……と想うことは、当時、確かに私の引き裂かれた気持ちを慰めてくれる唯一の拠り所にもなっていた。

いや、私にはもっとリアルに腑に落ちるクリアな理由があるはずだ！　いつかきっと天が教えてくれる時がくる……という思いをずっと抱えながら自分なりに生きてきた。そして死産から既に二十年を経た頃に、その時は突如としてやってきた。

私は、人生の新たなチャレンジをした。幼い頃から自分や他者の〝こころ〟の反応にとても敏感で、〝こころ〟についての飽くなき探究心を抱えてきたからだろうか。四十代半ばにして一念発起、当時、大学受験勉強に勤しんでいた長男に触発を受け、臨床心理の大学院の受験に挑戦することを決めた。

末娘が小学校に、長男が大学に入学、同時期に私も修士課程一年生として入学、二十数年ぶりに学生となった。

そして、とある興味深い授業での出来事だった。講師は、神戸に住んでいた友人家族が、阪神・淡路大震災の前日に北海道旅行から帰る予定だった。ところが、たまたま大雪のために飛行機が出なくて一日帰宅が延び、震災を逃れた……というエピソードを話された。その時だった。私は、天から稲妻を受けたように、長年の問いかけの〝こたえ〟を瞬時に掴んだのだった。


震災のあった日、兵庫県西宮市で一人暮らしの母方祖母の安否を気遣い、お見舞いに夫の母が車で実家に駆けつけてくれた。そのタイミングで急激なお腹の張りが起きた。義母はすぐに病院に車を走らせてくれた。そして、道中ぴよちゃんの命は天国に、緊急手術で私の命は救われた。

後に、私の出血も相当量で、一時間遅かったら母子ともに危なかった可能性もあったと聞いた。実家の両親は車を運転しない。もしあの時義母が車で祖母のお見舞いに来てくれていなかったら、私は通常の陣痛だと思ってギリギリまで我慢しただろう。胎内では、救急車を呼ぶべき事態が起きていたとも知らずに。

全員が、音信が途絶えている祖母との連絡を固唾を呑んで待機していた状況だった。そんな想定外の緊急事態の中、お産への危機感が足りなかった私は、最優先にすべきことを間違い、ギリギリまでがんばって堪えることを選択しかねなかった。そうしたら、本当に二つの命が消えていたかもしれない。そして二歳前の長男は、母親を亡くすという最悪の事態に見舞われていたかもしれない。

これから起きることについて知っていたぴよちゃんは、姉御肌の義母が車で実家を訪ねてくれたあのタイミングで、一刻も早く病院へと背中を押してくれたのだ！

……頭の次元で考えたことではない、天からのインスピレーションとしか言いようがない。一瞬にしてジグソーパズルが組み合わさり、二十年抱えてきた問いのこたえとなった。

ぴよちゃんのたましいは、ぴよ自身の寿命を含めた全てのことを理解していて、お母さんである私の命を助けるために、あの特別な日を選んでくれたのだ……正真正銘、私は胎内の我が子に救ってもらったのだ……私のこの生命は、ぴよちゃんが本当に命を懸けて助けてくれた命だったのだ……そうか、そういうことだったのか……だとしたら、私には果たすべき使命があるはずだ……ぴよの意思で再び蘇ることができたこの尊い命を懸けて……。

涙が溢れ、聞こえるかのように動悸が胸を打ち、思考停止状態になった。こらえきれず、授業を退席した記憶が鮮明に残っている。

記憶違いでなければ、この時の授業のテーマは、故河合隼雄氏の『コンステレーション・共時性』だったように思う。

河合氏は、現代に生きる人々は、因果関係でものごとを判断する考えに囚われていると考え、『コンステレーション』という新しい捉え方を世に投げかけた。

コンステレーションとは星座のことである。星そのものは地球との距離もそれぞれで、並び方に法則や理由を持ってはいない。しかしながら私たち人間は、バラバラに配置された星と星とを関連づけ、例えばオリオンの形に見立てて意味を持たせ、味わうことを楽しむ生き物なのだ。一度星座に見立てると、それまで自分と何の関わりもなかった星が、ひとつのまとまりのある星座として、不思議な意味を持って私たちに迫ってくる。

このように、もともと全く関係ないと思われたいくつかの事象が、ある関係性をもって互いに「布置」されていることをコンステレーションという。

コンステレーションの中でも、特に注目したいのがシンクロニシティ（共時性）であり、因果的に説明できない複数のことが、同時的に起こる時に、その全体的なコンステレーションを読むということが、個人的な体験のより豊かな理解に役立つことを示唆している。

そのような内容について講師は、たまたま神戸在住の友人が北海道に旅行に出ていて、たまたま大雪となり、たまたま飛行機が運休となり……という複数の偶然が重なり合って起き、たまたま……ではなく共時的に震災を免れたという具体例を持って、コンステレーション・布置・共時性（シンクロニシティ）について説明したのだ。

当時、私は河合隼雄氏の世界観に深い関心を抱きながら、一心に授業に耳を傾けていた。震災前日に講師の友人家族の身に起きたことを、〝たまたま〟で終わらせるか、共時的に起きた〝意味のある偶然〟と捉え、人生におけるかけがえのない価値のあることとして、「自分にとってどのようなメッセージがあるのか？」という次元で深め、心に刻みながら生きていけるかどうかで、人生の深みと味わいが確かに変わっていく。意図せずして人間の理解を超える体験をした自分の人生の使命とは？　という魂の次元の問いへの灯《ともしび》がともされる。

そんなことを思い巡らしていた矢先に、自分の身に起きた予期せぬ体験だった。

コンステレーションの授業中に、ぴよちゃんの死産の時に起きていた、バラバラに見える夜空の星のような複数の出来事が一瞬にして繋がり、私自身のたましい・スピリットの次元からの問いのこたえとしての星座となり、唯一無二の物語となった。思い込みでも何でもいい！　誰に何と言われようと、これが私自身が見出した紛れのない真実！　私が……いや、ぴよちゃんと一緒に辿り着いた終着点！　そのことが何より大切な体験だった。

気がつけば、死産に関わる全てのこころの軌跡《きせき》へのゆるしと感謝で満たされている自分がいた。

やっと繋がった喪失の物語・・・

闇夜を照らす星座の名は〝ぴよちゃんからの贈りもの〟

長い間、〝こたえ〟が見つからなくて抱えて生きてきたけれど、我がたましいからのこの〝問い〟を、諦めないで心底よかった！

ぴよちゃんは本当に自分の寿命を知っていたのかもしれない。その上で私の命を救い、私の人生を前に進めるために、震災の日を選んでくれた……やっと、私自身の真実に辿り着けた。いまこの時、こころの奥底にずっとあった自責の念の闇を、柔らかな光がそっと包んでくれて、この世の汚れを知らぬぴよちゃんの清らかな愛で抱きしめられたように感じた。自分を取り巻く世界が、キラキラと眩しく映った。生きとし生けるものの命・存在そのものの愛おしさが溢れてきた。

二十年近くを経て、やっと心の底からぴよちゃんに「ママの命を助けてくれてありがとう！」を伝えることができた。そして天を仰ぎ、サムシンググレートなる大いなる愛のまなざしに向かい、「私の魂を救ってくれてありがとうございます。二度与えられたこの命を、ふたりの天使の分まで大切に慈しんで生きていきます」と誓うことができた。

以前は、臨月のぴよちゃんの喪失ばかりに焦点を当てていたけれど、ぴよちゃんと一体になって過ごした約十ヶ月のマタニティの日々が確かにあったこと……しみじみと思い出すことができた。

「私のお腹を選んで宿ってくれてありがとう。天に帰るぎりぎりまで、お母さんのお腹の中にできる限り一緒にいてくれて、本当に嬉しかったよ。授かった喜び、少しずつ大きくなっていく喜び、ぴよちゃんってどんな赤ちゃんだろう～って幼いお兄ちゃんとお父さんと三人で想像しながら待つ喜び……いろんな喜びを体験させてくれてありがとう」

そして、今ここではっきりと自身のたましいに刻みたい。

生まれる直前に我が子を失った悲しみは、きっとこれからも共に生きていく。けれども、そのことも含め、あの時の喪失を巡る全ての体験は、私自身にとって、私の人生にとって、天からのかけがえのない恵み・ギフトであったのだと。

ぴよちゃんへ

ぴよちゃん……
喜びや幸せだけでなく、あなたを失った深い悲しみ、後悔、怒り、葛藤、苦悩……
人として大切な気持ちをいっぱい体験させてくれたこと……
つらい道のりだったけれど、今は心から『ありがとう』を伝えたいお母さんだよ。
だって、自分が体験しないと決してわかり得ない尊い気持ちだから……。
そして、全ての体験を通して、
人の痛みや弱さを理解できる人に少しでも近づけたとしたら、すっごく嬉しい！
きっとあなたも喜んでくれていると信じられる！
自分の命もみんなの命も〝きせき〟——と確信できる今の私がいるのは、ぴよちゃん、あなたを授かり、そして永遠に見送った体験を、身をもってさせて頂いたから……。
ここまでずっと見守り、導いてくれてありがとう。
いつか天の国であなたを抱っこできるその時まで、
一番大切なことを決して見失わないように、
これからもお母さんのことを教え導いてね。

ずっとずっと大事だよ
ずっとずっと宝もの
ずっとずっと愛してる

お母さんより

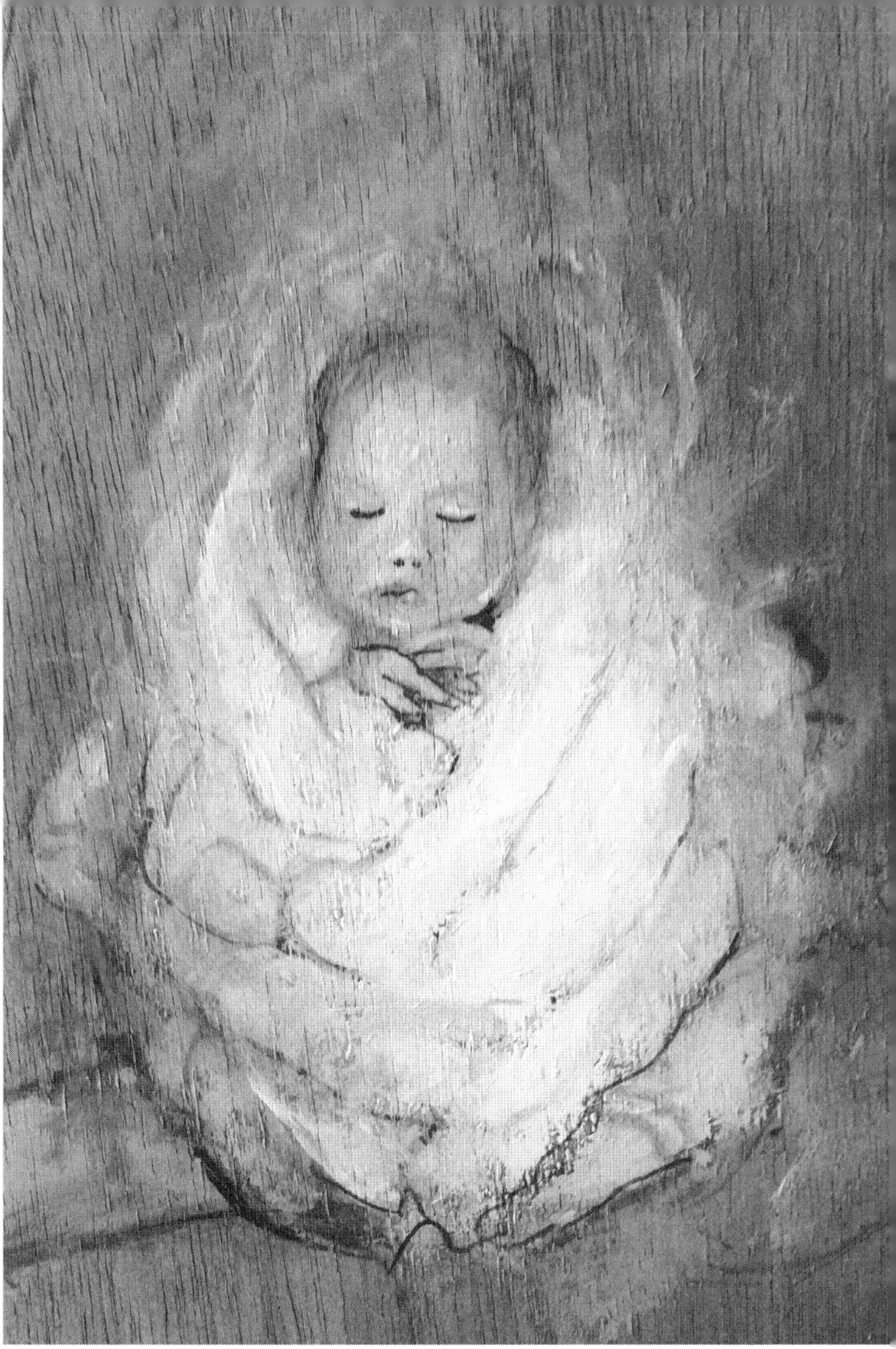

お母さん、やわらかくてあったかなお腹の中で育ててくれてありがとう。
お母さんが身を削って育ててくれたこと……大きな愛を丸ごと感じていたよ。
生まれる前に、お母さんのお腹の中で、いっぱい楽しんでたよ。
お父さん、お兄ちゃんのいろんな声も聞こえておもしろかったよ。
みんなでぴよちゃん、ぴよぴよってかわいがってくれて、すっごく嬉しかったよ。
じゅうぶん満喫して、満足したから、
自分で決めて神さまのおうちにもどっていったんだ！

ぴよより

ずっとずっといっしょだよ
ずっとずっとお母さん
ずっとずっと大〜好き

エピローグ

いまここに、生きている間は封印するつもりであった文章が本として出版されようとしています。あらかじめ公にする可能性がわかっていたら、読者を意識し過ぎて、ここまで赤裸々に書き表すことはできませんでした。読み返すほどに、この内容は二度は書けないとしみじみ感じています。それほどこころのエネルギーを費やさざるを得ない作品でした。

けれども、なぜ、検査入院の前にとりつかれたように書き上げることができたのか？

今思えば、持病の悪化の可能性がうかがわれ、自分自身のいのちの有限性への意識が現実のものとして迫ってきた時、私という人間がこの世に生きた証しを遺したい……という切実な望みが、奥底のたましいから一気に湧き起こったのかもしれません。

いったい私は、己の人生の如何なる証しを書き留めておきたかったのでしょうか？

臨月の我が子の死産という喪失体験は、これまでの人生の中で、他の試練とは次元が異なる過酷な体験でした。けれども今、出版できる状態まで漕ぎ着け、確信に至ったことがあるのです。

予期せぬつらい体験の中にこそ、平穏な日常では得難い本質の次元のギフトが隠されているということ。自分の内側の深い闇との対峙というトンネルに分け入り、ひとつひとつの生身の感情をかみしめ、受け入れ、空に手放していく……そのプロセスの先に、暗中模索の旅路へのご褒美のように頂ける『天からの贈りもの』があること、その全ての道のりに深い意味があり無駄なものは一つもないこと、真っ暗闇に思えるトンネルの先の向こう側から、救いの光が〝木漏れ日〟のように差し込んでいる……それはきっと、天がみんなに等しく与えようとしている無条件・無償の恵みであることを、私自身の具体的な体験を通して証したかったのだと顧みています。

人生の中で喪失の体験は必ずあります。命の喪失だけでなく、自分にとって真に大切なものを失うことは、やはり、喪失の悲嘆を伴う厳しい体験ではないでしょうか。文芸社さんからの自費出版の呼びかけにこたえようと決心したその時から、ど素人で無名の作者が書いたこの文章が、どうか本当に必要としている方のこころに届きますように……そんな祈りの灯《ともしび》を胸に、取り組みました。


出版までの歩みの中でとりわけ印象深く残っていることは、画家でもある義母の表紙画・挿し絵を一緒に選んでいったプロセスです。火葬場で孫との最期の別れを独りで果たしてくれた義母は、祖母としての筆舌に尽くし難い想いを胸の奥底にしまい、ただただ絵を描き続けていた……という話を、二十八年経って初めて話してくれました。今回の出版がなかったら知り得なかったエピソードでした。孫を永遠に見送って以来、義母の絵のどこかに天使や赤ちゃんがしばしば描かれるようになっていました。

今回、その絵たちが、このようなカタチで息を吹き込まれ、広く分かち合えることになるとは……ぴよちゃんの愛のはからいに胸がいっぱいになりました。

当然、ぴよちゃんを失いたくなかった！　母子ともに元気なお産をしたかった！　けれどもどこかで、このお産の体験からしか得られない宝を手にするために、私のたましいが自ら願い求めて難産体質を選んだのではないだろうか……とさえ思えるほどの不思議な感覚が、出版を目前に芽生えています。

難産体質から頂いた宝とは、〝母子ともに無事に生まれ、元気に育つ〟ということの〝きせき〟に気づかせて頂いたことです。三人のユニークな子どもたちの子育ての中で、逃げ出したいような途方もない気持ちに駆られることもありました。そんな時、三人とも妊娠中毒症の母体から小さなからだで生まれてきてくれた、あの誕生の原点に立ち返ると、

「こうして、生きて生まれてくれたからこそ悩めるんだよなあ」

「とりあえずここまで無事に育ってくれたこと、それを花丸五重丸としよう！」

そんな思いにならせて頂けたことは、真にありがたいことでした。

もちろん、時として、感情がコントロールできなくて、他者には見せられないようなオニハハ!?　になってしまったこともあります。激しく後悔し自分の未熟さを責めてしまう私なのですが、そのような時もやっぱり命がけのお産を思い出し、「互いにいまここで、元気で生きているからこその親子ゲンカなんだよね」「どちらかが病気だったら、ケンカどころじゃないよな」

そんな風に振り返ることのできるいのちの原体験があること、それは未熟な私にとって、はかり知れない〝恵み〟でもあるのです。

持病についても捉え方が変わりました。正直、これからの人生の後半をこの病と折り合いながら生きていくことについて、心塞ぐ感覚を拭えない悶々とした自分がいました。けれども、冒頭のプロローグにしたためたように、この病を得たからこそ起きた本書の出版への導きだったことは、まぎれもない真実です。

毎朝、「よかった！　今日も無事に目を覚ますことができた！」。毎晩、「よかった！　今日一日無事に終えることができた！」。散歩の時には、数年前に椎間板ヘルニアで全く動けなくなり入院したことを思い出し、「また歩けるようになって本当によかった！　これは当たり前のことじゃないんだ！　精いっぱいがんばってくれている私のからだ、ありがとう」「助けてくれたみんな、ありがとう」と、健康な頃忘れていた感謝の気持ちが知らず知らず湧き起こるのです。

病という逆境は決してマイナスだけではない。マイナスを遥かに超える豊かなプラスがある。ひとり孤独に歩み続ける道のりではなく、乗り越えるための有形無形の助けも、天が必ず準備してくださっている。本気で求めれば、必ず救いとなる出逢いが与えられる！　そして、全ての逆境がきっとそう……そのことに身をもって気づかせて頂いてきた我が人生でした。

今回、この本の出版を準備する過程で、自分自身のありのままの感覚にとことん正直になり、伝えることの大切さを学び、鍛えられる場面が複数ありました。私のひとつの大切なテーマでした。

このぴよちゃんの出版に限っては、大切な人であるからこそ、違和感を持った時には自分のありのままの思いを真っすぐ伝えたい……という強い望みがありました。一時的に関係が滞ってしまったとしても、何より内なる自分自身との関係を大切にしたい、なぜなら、ぴよちゃんからの愛を分かち合う本なのに、私自身の本心をごまかして抑えたり曲げたりすることは、ぴよちゃんが最も悲しむことだから、それだけは絶対にしたくないと思えたのです。

出版の歩みの中で意見が異なった時に、勇気を出して自己開示することは、私自身の在り方へのチャレンジでした。そして、自己一致のもと、相手の尊厳への敬意を持ち本当の思いを伝えること、それが真の誠意でもあり、自分と他者の両方を人として対等に大切にすることなのだということを、身をもって学びました。さらに、違和感を抱く体験を通して、自分がたましいから大切にしたいことを明らかにできる、そういうことだったのだと気づく度に、しんどい思いがひっくり返ってありがたい思いに変化し、軽やかになれました。

本当に不思議なことなのですが、私自身の抱える感情エネルギーが、悶々とした重たいものからスッキリした感謝のエネルギーに変化すると、齟齬を生じた相手の方から、より良い解決の方向へ展開していけるような連絡が届く……そのような体験を何度もさせて頂きました。

出版準備のプロセスにおいても、やっぱりみんな、見えない深い次元で繋がり合っているのだなあと感じられたことは、ごほうびのような嬉しい体験でした。

きっとぴよちゃんも、ハラハラしながら尽力してくれていたことでしょう……。

最後に、この本の出版に関わり、力を尽くしてくださった全ての方々に深く感謝いたします。

はじめに、自費出版に潔くゴーサインを出してくれ、精神面と資金面の両方で惜しみないサポートをしてくれた、人生の戦友でもある夫には感謝してもしきれません。夫はともに死産を経験した当事者でもありますが、この本の内容について全面的に私に任せてくれました。その信頼感に心から支えられました。夫の母である義母の絵の撮影に関する一切を引き受けてくれ、縁の下の力持ちという欠かすことのできない役割を果たしてくれました。

次に、ノンフィクションの内容を公に出版することを愛の想いから承諾してくれた、重要な登場人物である、私の両親・妹、そして義母への言い尽くせぬ感謝を捧げます。五十八年前、母が私を産んでくれなければ、二十八年前、父から私への新鮮な輸血で一命を取り留めなければ、本作品は有り得ませんでした。来春、ダイヤモンド婚を迎える父母に献呈できることは、大きな恵みです。ラストスパートの時期、実妹のサポートに支えられ、死産と出産を共にした不思議な縁に想いを馳せました。遠方の弟夫婦も、時に助言してくれながら、祈りとともに応援してくれました。

義母は、所蔵するたくさんの絵を提供し、さらに、死産のプロセスを共有した存在ならではの絵を新たに描いてくれました。渾身の作品を分かち合ってくれた義母との作業で、常に「あなたの作品なのだから、あなたの感覚を大切に決めてね」と私自身の選びを尊重してくれたからこそ、本音のやりとりを重ねながら仕上げることができました。とうとう、ぴよちゃんのばあばの絵&ママの文章という二人三脚の作品が、幸せな産声をあげようとしています。不思議な後日談もいっぱいの中、今まさに生み出す喜びを噛みしめています。

そしてこの世に誕生してくれた三人の我が子の存在……あなたたちへの遺書を残したい！　という気持ちが、全てのはじまりでした。本作品の根底に流れるまなざしを育ててくれたのは、紛れもなく、三人三様にユニークなあなたたち……言葉では感謝の想いを伝えきれないお母さんです。

また、『本書に寄せて』に真摯なメッセージを贈ってくださった、親子セラピーコース創設者の長南華香氏に心から御礼申し上げます。講座を通し、自分の魂が愛のミッションのために、この世での家族・体験を自分自身で選んで生まれてくる……というスピリチュアリティの視点を教えて頂きました。この高く、深淵な眼差しは、これまでの人生の謎とも言える理不尽に思えていた傷つき体験を紐解き、己の人生経験を愛の次元から主体的に受け入れていく大きな助けとなりました。

ここで、本書の出版に携わってくださった文芸社の皆さまへ心より感謝をお伝えします。編集担当の西村早紀子さんは、「最終的には作者が『自分の作品だ』としっくりくるものを選ぶことを大切にしたい」と私自身の感性を尊重してくださりながら、素人の珍道中を誠心誠意サポートしてくださりました。

最初に窓口となられた出版企画部の岩田勇人さんが、本文の出版へのスタッフの方々の思いを丁寧にお伝えくださったお陰で、大きな一歩を踏み出す決心ができました。

そして、想像をこえた愛らしい表紙デザインを手掛けてくださった中川ともきさん、天国のぴよちゃんもバンザイって踊ってる姿が目に浮かびます！

私ごとですが、地元にて、死産や人工流産、小さな赤ちゃんを亡くされた天使ママ・天使パパのピアサポートの自助グループ（遠州、タイニースターズ）の当事者スタッフをしています。当事者の方の悲嘆をただただ傾聴させて頂くひとときは、私にとって、ひとりひとり異なる喪失の重みと、厳然と立ちはだかる命の尊さという原点に立ち返らせていただく、かけがえのない時間です。

分かち合いの集いの度に、参加者の皆さんの喪失体験に触れさせていただき、私自身の体験も分かち合うことを重ねながら、ぴよちゃんからの新たなギフトを受け取るいとなみでもあります。他者には決してわかり得ない悲嘆を乗り越えようと出逢ってくださった方々の勇気に励まされる毎回です。自助グループでご縁を頂いたおひとりおひとりへ、感謝とエールを捧げます。

そうそう！　我が家のベストセラピストへのお礼を忘れてはいけません！

保護ネコのふわりとカレンです。煮詰まった時、この子たちの存在がどんなに慰めになったことでしょう。ふたりは、ただただ一緒に生きていてくれる〝存在そのものの価値〟を教えてくれる先生なのです。ゆるゆるスイッチを入れてくれる達人、いえ達猫たちに「大好きだよ～、いつもありがと～」の乾杯を!!

最後に、この本を選び、お読みくださいましたあなたへ、〝ありがとうの花束〟を……。

あとがき　十三歳のぴよちゃんに逢えた!!!

二〇二三年六月四日、ぴよちゃん祖母（夫の母）宅にて、既に選別していた本書に使用する絵の撮影のために、原画を探していた時のことだった。二十冊は下らないスケッチブックの中から、何気なく最初に手にした一冊をパッと開いた最初のページの少女を見て、「いい顔の女の子描いてるよ、見て」夫の母が声をかけてくれた。清らかな透明感が醸し出され、なんとも言えず惹き込まれる雰囲気であった。その時、ふたりで顔を見合わせ小さく叫んだ！　何ということだろう!?

よく見ると、英文字で「ぴよちゃん十三歳」と書き記してあるではないか!?　下には、ぴよの地上の妹である末娘へのメッセージを添えて。ふたりとも鳥肌が立っていた。私は、「ああ……ぴよちゃんがこの絵を見つけてって教えてくれた！」と声を上げた。人知を超えた働きのもと、記憶の彼方に仕舞われていた絵、私の知らなかったその絵に、いまこの最善のタイミングで出逢えた！　としか思えぬコンステレーションだった。

全ての道のりを通して、〝天国のぴよちゃんからの贈りもの〟をいただく旅路は、今もなお続いている……。

こもれび　ゆう

PIYO 13 years old

本書に寄せて——宇宙の営みと命の輝きがここに全てある——

長南　華香

この物語は、死産という悲しい出来事から宇宙の仕組みや壮大な生命の摂理という視点に導き、命の繋がりや家族愛を捉えた、感動的で心揺さぶるお話になっています。

死産を経験した赤ちゃんを通して、命の意味（先祖、自分、子供達）という一本の糸で託されている「愛」が壮大な宇宙の中でどのように繋がっているのかが緻密に描かれています。

物語の中で、家族は赤ちゃんの存在を通して、互いに支え合い、悲しみを乗り越える力となりますが、その過程で、家族はそれぞれの存在意味と魂の学びに目覚め、互いに無意識ながらに支え合い、愛し合って今ここにいることを学びます。

その「生きる原点」を「死」から導き出している文章は、繊細で美しく、けれど私たちの心にスッと光を差し込むように優しく綴られています。

それは祐子さんのお人柄が全てを包む慈愛をお持ちだから響くのです。

死産を経験したことで、祐子さんはカウンセラーとして命に向き合う道を歩むようになり、宇宙の法則やスピリチュアルな世界の深遠さを感じることをより深めるのですが、その姿を通じて、私たちが悲しみや喜びを共感し合え、自分の命の不思議や最善最高に結ばれ合っていて、そこには亡くなった方や大いなる存在の愛のギフトが散りばめられています。

私たちは人生の中で様々な出来事に出会い、苦しい経験もあるでしょう。

しかし、この物語を読むことで、その中にも意味があり、「私という尊い存在」を感じることができます。

そんな物語から、私たちにとって本当に大切にしたいものを大切にする生き方が変わる、かけがえのないものを手に出来るでしょう。

（親子セラピスト®創始者）

著者プロフィール

こもれび ゆう

本名：中島 祐子
1965 年、兵庫県西宮市生まれ。
東京学芸大学幼稚園科卒業。
浜松大学（現・常葉大学）大学院臨床心理学専攻修了。
静岡県在住。
難産体質を乗り越え、二男一女を出産。

カトリック信仰の家庭で生まれる。

キリスト教への憧れと反発を経て、青年期以降、〝聖イグナチオの霊操〟の学びを通して、共同体の仲間と共に軸となる精神性を育む。

モンテッソーリ教育を基盤とした幼児教育の道を志すも、結婚後、親子の葛藤に対峙すべくカウンセリングの学びの道を求める。

子育て期に、母親のためのこころの講座『ハグ・マイハート』を主宰。
40 代で一念発起、臨床心理修士課程に入学、元浜松大学大学院教授の京都大学名誉教授・山中康裕氏の指導を仰ぎ、心の専門職となる。
児童精神科勤務等を経て、地元の幼稚園での保護者支援カウンセリング、オンラインによる個別カウンセリングに携わる。


コロナ禍に、長南華香氏による親子セラピーコースと出逢い、宗教の枠組みを超えた本質・スピリチュアリティの視点からの人生・物事の理解の大切さを確信する。

現在、心と魂の次元の両輪によるオリジナルセラピー『はぐマイハート』、フィンランド発祥、〝オープンダイアローグ〟のエッセンスを取り入れた保護者支援広場『ほっとサロン』、唯一無二の人生からの贈りものを分かちあう『こもれび　ゆう公式メルマガ』（リザーブストック）、遠州天使ママ・パパの会『タイニースターズ』の活動などを、自身の使命・生きがいとして取り組んでいる。

表紙画・挿画：Keiko

本名：中島 敬子
広島生まれ。
女子美術大学短期大学部卒業。
静岡大学附属中学美術講師。
信楽焼の窯を自力で築く。
京都女流陶芸正会員。
個展：パリ・オルレアン・モナコ・銀座・名古屋・浜松　etc

冒頭の雲の写真について・・・
「ふと空を見上げると
今しも女性が手を差し伸べて
次の瞬間いとけなき翼ある児が……」

天国のぴよちゃんからの贈りもの
～いのちの花束をあなたへ～

2023年11月15日　初版第1刷発行

著　者　こもれび ゆう
発行者　瓜谷 綱延
発行所　株式会社文芸社
〒160-0022　東京都新宿区新宿1－10－1
電話　03-5369-3060（代表）
03-5369-2299（販売）

印刷所　図書印刷株式会社

ISBN978-4-286-24391-7